L'heure des histoires

Au moment de l'**heure des histoires**, tandis que l'un regarde les images et l'autre lit le texte, une relation s'enrichit, une personnalité se construit, naturellement, durablement.

Pourquoi ? Parce que la lecture partagée est une expérience irremplaçable, un vrai point de rencontre. Parce qu'elle développe chez nos enfants la capacité à être attentif, à écouter, à regarder, à s'exprimer. Elle élargit leur horizon et accroît leur chance de devenir de bons lecteurs.

Quand ? Tous les jours, le soir, avant de s'endormir, mais aussi à l'heure de la sieste, pendant les voyages, trajets, attentes... La lecture partagée permet de retrouver calme et bonne humeur.

Où ? Là où l'on se sent bien, confortablement installé, écrans éteints... Dans un espace affectif de confiance et en s'assurant, bien sûr, que l'enfant voit parfaitement les illustrations.

Comment ? Avec enthousiasme, sans réticence à lire « encore une fois » un livre favori, en suscitant l'attention de l'enfant par le respect du rythme, des temps forts, de l'intonation.

À Helena, John et Carl
M. F.

Pour tous les bébés du monde
H. O.

Traduction d'Anne Krief

ISBN : 978-2-07-062979-4
Titre original : *Ten Little Fingers and Ten Little Toes*
Publié par Houghton Mifflin Harcourt Publishing Company
© Mem Fox, 2008, pour le texte
© Helen Oxenbury, 2008, pour les illustrations
© Gallimard Jeunesse, 2009, pour la traduction française,
2010, pour la présente édition
Numéro d'édition : 344502
Loi n° 49-956 du 16 juillet 1949
sur les publications destinées à la jeunesse
Premier dépôt légal : avril 2010
Dépôt légal : septembre 2018
Imprimé en France par IME by Estimprim

IMPRIM'VERT

PEFC
10-31-1093
Certifié PEFC
pefc-france.org

MEM FOX - HELEN OXENBURY

2
petites
mains

et 2
petits
pieds

GALLIMARD JEUNESSE

1 bébé est né
loin, loin, très loin.

1 autre bébé est né,
dès le lendemain.

Et ces  bébés,

tout le monde le sait,

ont  petites mains

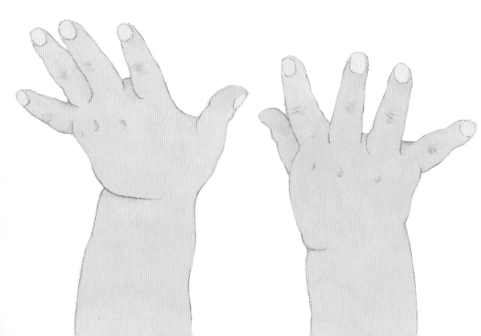

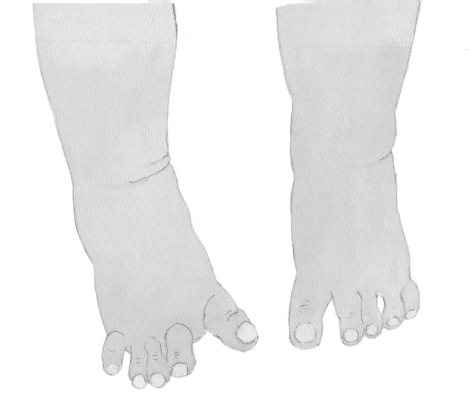

et  petits pieds.

1 bébé est né
dans une grande maison,

et **1** autre ailleurs,
au creux d'un édredon.

Et ces **2** bébés,

tout le monde le sait,

ont  petites mains

et  petits pieds.

1 bébé est né
au milieu des prés,

et **1** autre ailleurs,
toujours enrhumé.

Et ces  bébés,

tout le monde le sait,

ont  petites mains

et  petits pieds.

1 bébé est né
au pays des pingouins,

et **1** autre ailleurs,
dans le désert lointain.

Et ces **2** bébés,

tout le monde le sait,

ont  petites mains

et **2** petits pieds.

Mais ce gentil bébé,
ce joli nouveau-né,
il est à moi, tout à moi :
c'est le mien.

Et ce petit bébé,

tout le monde le sait,

a **2** petites mains,

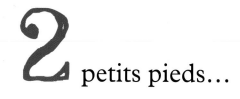

2 petits pieds…

tout le monde le sait,

 et **3** petits baisers…

... sur le bout du nez.